Werner Färber

Geschichten
vom kleinen Pony

Illustrationen von Sabine Kraushaar

Loewe

Der Umwelt zuliebe ist dieses Buch
auf chlorfrei gebleichtem Papier gedruckt.

ISBN 3-7855-3870-7 – 3. Auflage 2003
© 1997 Loewe Verlag GmbH, Bindlach
In anderer Ausstattung bereits 1997 beim Verlag erschienen.
Umschlagillustration: Sabine Kraushaar
Reihenlogo: Angelika Stubner

www.loewe-verlag.de

Inhalt

Panino, der Dreckspatz

„Panino! Panino!", ruft Katja ihr

kleines . Sofort kommt es

über die gelaufen. „Wie

siehst du denn aus?", fragt Katja

vorwurfsvoll. Das kleine hat

sich in einer gewälzt.

Es ist fürchterlich schmutzig.

Katja nimmt Panino am

und führt ihn vor den .

Sie dreht den auf und

spritzt das kleine mit

dem gründlich ab.

Damit Paninos richtig sauber

werden, muss Katja auch noch

den  benutzen. Dann

bürstet sie das kleine mit

der . Panino hält ganz still.

Er hat es gern, wenn er so

sorgfältig geputzt wird. „Möchtest

du  haben?", fragt Katja.

Panino wiehert. Katja macht viele

kleine  in die  und

einen dicken in den .

Als sie fertig ist, bringt sie ihr

kleines 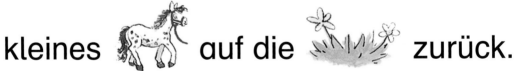 auf die  zurück.

Ausgelassen tobt Panino herum.

Katja steht am ⊞ und sieht zu.

„Panino, nein!", ruft sie plötzlich

und hält sich die 🖐🖐 vor

die 👁 👁 . Vorsichtig schaut sie

zwischen ihren 🖐 hindurch.

Und tatsächlich – das kleine

wälzt sich schon wieder in

einer . „Panino", sagt Katja

kopfschüttelnd. „Du bist und bleibst

einfach ein alter Dreckspatz!"

Der Hufschmied kommt

Der  fährt mit seinem

den schmalen entlang.

Vor dem hält er an und

steigt aus. Das kleine hat

ein verloren. Der

muss ihm ein neues anpassen.

Er zieht seine lederne an.

In einem kleinen entzündet

er ein . „Hoch das 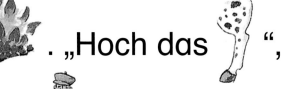 ",

sagt der  zu Panino.

Er macht den  gründlich

sauber und schneidet ihn mit

dem  glatt. Das tut dem

kleinen  nicht weh. Der

sucht ein neues aus.

Er hält es an Paninos .

„Das ist ja viel zu groß", sagt

er und nimmt ein anderes.

Mit seiner langen  hält er

das ins , bis es glüht.

Dann schlägt er es mit dem

auf dem zurecht. Noch

einmal muss das kleine

das heben. Der drückt

das heiße an Paninos .

Auch das tut dem kleinen

überhaupt nicht weh. Aber der ,

der aufsteigt, stinkt fürchterlich.

Der  nimmt ein paar

aus seinem  und

nagelt das  am fest.

„So, fertig", sagt er. Panino stupst

ihn an. Beinahe schmeißt das

kleine  den um.

„Nicht so stürmisch", sagt der.

Er weiß, was Panino von ihm will.

Er holt eine  unter der

hervor. „Weil du so schön brav

warst", sagt der  und hält

dem kleinen die hin.

Reif für den Zirkus

„Panino! Schau mal, was ich hier

habe!", ruft Katja und streckt

ihre ![Hand] aus. Das kleine ![Pferd]

galoppiert schnaubend zu ihr.

Auf Katjas flacher ![Hand] liegt

ein trockenes ![Brötchen]. Es gibt

nichts, was Panino lieber mag.

Ruckzuck ist das

aufgefressen. „Warte, ich hab

noch was für dich", sagt Katja.

Sie klettert über den und

stellt ihren auf einen .

Katja holt zwei heraus.

Das kleine scharrt zweimal

mit dem . „Seit wann kannst

du zählen?", fragt Katja überrascht.

Sie holt noch einen dritten

aus ihrem  . Da scharrt

Panino dreimal mit dem .

„Panino, wir können im

auftreten!", ruft Katja begeistert.

„Ich spiele den  und du

führst vor, wie gut du zählen

kannst. Dann reisen wir beide

im  um die ganze ."

Katja greift noch mal in ihren .

Sie hat auch noch vier

dabei. „Wie viele sind das?", fragt

sie Panino. Das kleine

scharrt dreimal mit dem .

„Schade, du kannst wohl doch nicht

zählen", sagt Katja und lacht.

Da schnappt sich Panino eine .

Kaum hat das kleine

die aufgefressen, scharrt

es wieder dreimal mit dem .

Scheinbar kann Panino nur bis

drei zählen. Ob das für den

reicht?

Ausflug ins Gemüsebeet

Das kleine 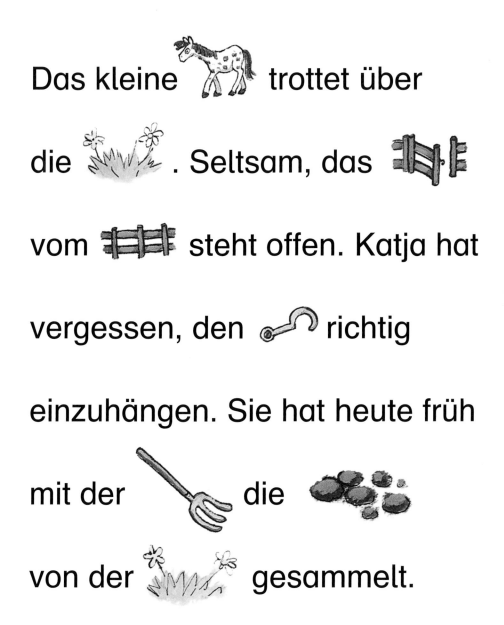 trottet über

die . Seltsam, das

vom steht offen. Katja hat

vergessen, den richtig

einzuhängen. Sie hat heute früh

mit der die

von der gesammelt.

Das kleine läuft zum

hinaus und geht hinter das .

Dort steht noch die  ,

mit der Katja die

zum  gefahren hat.

Die laufen gackernd

davon. Der schlägt

aufgeregt mit den und

kräht, was sein hergibt.

Der 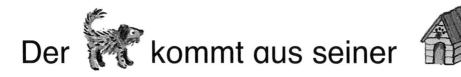 kommt aus seiner

um zu sehen, was da los ist.

Als er das kleine  sieht, ist er

beruhigt und legt sich wieder hin.

Das kleine trabt weiter und

kommt am  vorbei.

Im hintersten wächst

knackiger . Panino kann

einfach nicht widerstehen.

Er trampelt über die  und

stampft auch die  platt.

Beim  mit den

ist er etwas vorsichtiger, und

die bleiben auch verschont.

Stumm schaut die  zu,

wie das kleine einen

verputzt. Da kommt Katja auf

ihrem  angefahren.

„Panino! Was machst du denn

da?", ruft sie entsetzt. Katja springt

von ihrem  und rennt in

den  um Panino zu holen.

Dabei stolpert sie über den

und wirft die mitten in

die . Zu dumm! Jetzt ist

das kleine  bei den

völlig umsonst vorsichtig gewesen.

Die Wörter zu den Bildern:

 Pony

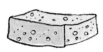 Schwamm

 Wiese

 Bürste

 Pfütze

 Zöpfe

 Zügel

 Mähne

 Stall

 Schweif

 Wasserhahn

 Zaun

 Garten-
schlauch

 Hände

 Beine

 Augen

Finger

 Huf

 Hufschmied

 Messer

 Auto

 Zange

 Weg

 Hammer

 Haus

 Amboss

 Hufeisen

 Rauch

 Schürze

 Nägel

 Ofen

 Werkzeug-kasten

 Feuer

 Karotte

Brötchen

 Haken

 Rucksack

 Mistgabel

 Strohballen

 Pferdeäpfel

 Äpfel

 Schubkarre

 Zirkus

 Misthaufen

 Clown

 Hühner

 Wohnwagen

 Hahn

 Welt

 Flügel

 Tor

 Schnabel

 Hund

 Tomaten

 Hundehütte

 Zwiebeln

 Gemüse-garten

 Vogel-scheuche

 Beet

 Fahrrad

 Salat

 Spaten

 Radieschen

 Hacke

Werner Färber wurde 1957 in Wassertrüdingen geboren. Er studierte Anglistik und Sport in Freiburg und Hamburg und unterrichtete anschließend an einer Schule in Schottland. Seit 1985 arbeitet er als freier Übersetzer und schreibt Kinderbücher. Mehr über den Autor unter **_www.wernerfaerber.de_**.

Sabine Kraushaar zeichnete schon, als sie gerade mal einen Bleistift festhalten konnte. Ihr großer Traum war, später Kinderbücher zu illustrieren. Sie studierte Grafik an der Kunstakademie in Maastricht. Danach machte sie sich selbstständig. Und 1995 ging ihr Kindheitstraum in Erfüllung.

Bildermaus-Geschichten vom lustigen Abc
Bildermaus-Geschichten von der Dachbodenbande
Bildermaus-Geschichten vom kleinen Eisbären
Bildermaus-Geschichten vom kleinen Elefanten
Bildermaus-Geschichten vom kleinen Feuerwehrmann
Bildermaus-Geschichten vom Fußballplatz
Bildermaus-Geschichten von der kleinen Hexe
Bildermaus-Geschichten vom kleinen Indianer
Bildermaus-Geschichten vom kleinen Lokführer
Bildermaus-Geschichten vom kleinen Pinguin
Bildermaus-Geschichten vom frechen Räubermädchen
Bildermaus-Geschichten von der Ritterburg
Bildermaus-Geschichten aus der Schule
Bildermaus-Geschichten von der Uhr
Bildermaus-Geschichten vom kleinen Weihnachtsmann
Bildermaus-Geschichten vom kleinen Zauberer

Loewe